Noventa y tres

de Victor Hugo

VICTOR HUGO

POETA, DRAMATURGO, NOVELISTA Y POLÍTICO FRANCÉS

- **Nacido en 1802 en Besanzón (Francia)**
- **Fallecido en 1885 en París (Francia)**
- **Algunas de sus obras:**
  - *Hernani* (1830), obra de teatro
  - *Nuestra Señora de París* (1832), novela
  - *Los miserables* (1862), novela

Poeta, novelista, dramaturgo y político, Victor Hugo es el escritor emblemático del romanticismo francés. Fue elegido «líder de los románticos» y también llevó una vida comprometida con la política —intervino en grandes causas, como la abolición de la pena de muerte—. Durante el Segundo Imperio francés, tuvo que exiliarse (1851-1870) en Jersey y después en Guernsey, donde cabe destacar que escribió *Los miserables*.

Cuando murió, en 1885, la República le organizó un grandioso funeral nacional y el pueblo lo aplaudió como el mayor escritor francés.

NOVENTA Y TRES

UNA EPOPEYA HISTÓRICA TEÑIDA DE ROMANTICISMO

- **Género:** novela
- **Edición de referencia:** Hugo, Victor. 1876. *Noventa y tres.* Traducido por El Espejo Printing & Publishing Company. Nueva York: El Espejo
- **Primera edición:** 1874
- **Temáticas:** Revolución francesa, Terror, Vendée, historia, heroísmo, ideal, muerte, naturaleza

Tal y como indica el título, *Noventa y tres* tiene como marco histórico un episodio particularmente sangriento de la Revolución francesa: el Terror (1792-1794). La Revolución francesa constituye un auténtico cambio en la historia. La mayoría de escritores del siglo XIX serán sensibles a este acontecimiento fascinante, que puede considerarse como una de las causas del «mal del siglo» (o «spleen»), ese sentimiento de malestar existencial propio de los escritores románticos.

Esta obra permite a Hugo revivir un acontecimiento importante de la historia que él no conoció. Publicada en 1874, se trata de su última novela. El propio padre de Victor Hugo participó en la guerra de la Vendée, de la que se habla en la tercera parte de la obra. Por lo tanto, la ficción novelesca se mezcla hábilmente con la realidad histórica.

RESUMEN

PRIMERA PARTE – EN EL MAR

Libro primero – El bosque de la Saudraie

El batallón del Gorro-Rojo, dirigido por el sargento Radoub y debilitado por las guerras de Bretaña en ese mes de mayo de 1793, recoge en nombre de la República a unos campesinos necesitados: una joven viuda llamada Micaela Fléchard y sus tres hijos pequeños.

> ### ¿SABÍA QUE...? EL RÉGIMEN DEL TERROR
>
> El Terror designa un período de la Revolución francesa que se extiende de 1792 a 1794. Entonces, el país está dirigido por un poder revolucionario que lleva a cabo una serie de medidas excepcionales con vistas a instalar la República de forma duradera. Está caracterizado por un régimen de represión, dirigido por Robespierre entre otros, y un gran número de ejecuciones arbitrarias.

Libro segundo – La corbeta Claymore

El 1 de junio, en Jersey, la corbeta inglesa (un navío ligero de tres mástiles) zarpa hacia Francia. A bordo se encuentra un misterioso pasajero al que algunos llaman el «campesino» y otros el «general». Representa un elemento clave para los monárquicos. Debido al descubrimiento de este pasajero, ocho navíos republicanos toman la corbeta. Una chalupa consigue llevar al anciano hasta Francia.

Libro tercero – Halmalo

El noble anciano y su marinero Halmalo desembarcan en Bretaña. Este último está encargado de alborotar la región con una sola consigna: «Levantaos, guerra sin cuartel» (Hugo 1876, 60). La chuanería, es decir, el levantamiento de la religión y de los monárquicos (los blancos) contra la República (los azules) está en marcha.

Libro cuarto – Tellmarch

De repente, un cartel firmado por Gauvain, jefe de la columna expedicionaria encargada de entregar Bretaña y Vendée a la República, revela identidad del anciano: se trata del marqués de Lantenac y han puesto precio a su cabeza.

Un mendigo llamado Tellmarch reconoce inmediatamente al marqués como su antiguo señor. Le salva la vida y lo alberga en su modesto escondite.

Al día siguiente, el marqués descubre una tropa de 7000 vandeanos monárquicos que acaba de fusilar a la mitad del batallón republicano del Gorro-Rojo y hace prisioneros a los niños. La tropa se somete al marqués, convencida de su gran valor militar. Poco después, Tellmarch acude en ayuda de Micaela Fléchard, que está gravemente herida, pero continúa con vida.

SEGUNDA PARTE – EN PARÍS

Libro primero – Cimourdain

París es el hogar de los republicanos. Una institución importante llamada el Obispado está muy influida por Cimourdain, un antiguo sacerdote. Antaño le había tomado cariño a un joven huérfano a quien le había enseñado todo lo que sabía, y ahora este se ha convertido en todo un hombre.

Libro segundo – La taberna de la calle del Pavo Real

El 28 de junio, tres figuras cruciales para la Revolución francesa se encuentran en este lugar: Robespierre, Danton y Marat. La conversación es apasionada y polémica. De pronto llega Cimourdain, a quien Marat explica el peligro que representa Vendée para la República, foco contrarrevolucionario y monárquico por excelencia desde la llegada de su jefe, Lantenac. Convencidos de su valor, deciden enviar a Cimourdain en calidad de comisario delegado de la Comisión de Salvación Pública (institución encargada del poder ejecutivo) junto al ciudadano republicano Gauvain. Ante este nombre, Cimourdain, extrañamente, palidece.

Libro tercero – La Convención

El narrador expone la importancia de esta institución creada el 21 de septiembre de 1792. Este lugar donde el pueblo se encuentra con los dirigentes del Estado, donde se decide todo lo que tiene que ver con la República y donde se votó la decapitación de Luis XVI, ejecutado el 21 de enero de 1793. Ahí, el 30 de junio, Marat hace promulgar un decreto que estipula que todo jefe militar que deje escapar a un rebelde prisionero será castigado con la muerte.

TERCERA PARTE – EN LA VENDÉE

Libro primero – Las selvas

Los campesinos vandeanos, 500 000 hombres poco instruidos y mal armados, resisten a la República. Están unidos a sus tradiciones, a la feudalidad y a su tierra. Los bosques y boscajes son lugares de emboscadas para el ejército republicano. Las personalidades de Juan Chouan, de Enrique, de la Rochejacquelein y del marqués de Lantenac refuerzan la resistencia monárquica.

Libro segundo – Los tres niños

Nos enteramos de que Gauvain es el sobrino nieto del marqués de Lantenac. Obtiene una primera victoria sobre su anciano pariente en la ciudad de Dol, a pesar del gran número de blancos. Ante la derrota, el marqués y los dieciocho hombres que le quedan se refugian en una fortaleza, la Tourgue. Toma como rehenes a tres niños pequeños y los retiene en la biblioteca.

Gouge-le-Bruant, un temible guerrero de los blancos, parlamenta con los republicanos, superiores en número (4500), que están a punto de atacar. Les entregará a los tres rehenes a condición de que los republicanos dejen escapar a los monárquicos. Cimoudain se niega rotundamente, pero Gauvain les deja veinticuatro horas de tregua. Antes, Gouge-le-Bruant ha colocado un dispositivo que permite incendiar la biblioteca gracias a una larga mecha que llega hasta la habitación de los espejos situada en el segundo piso de la torre.

Libro tercero – El martirio de San Bartolomé

En esta biblioteca situada sobre el puente se encuentra un valioso manuscrito: el evangelio de San Bartolomé. Los tres niños —Renato, Alan y Georgina— descubren con toda la inocencia del mundo su nuevo lugar de juegos y destruyen el manuscrito.

Libro cuarto – La madre

Mientras tanto, Micaela Fléchard, curada de sus heridas, está buscando a sus hijos. Se cruza por el camino con la guillotina que llevan hacia la Tourgue, cuyo asalto ha comenzado. El sargento Radoub, superviviente del batallón del Gorro-Rojo y muy unido a sus hijos, forma parte de la columna de ataque. Los cadáveres se amontonan en ambos campos. Gracias a sus proezas y a su astucia, Radoub abre camino al resto de soldados. Los monárquicos se ven obligados a encerrarse en el segundo piso: no son más que siete y en total tienen cuatro cartuchos.

La situación parece perdida cuando surge de una puerta secreta el marinero Halmalo. Gouge-le-Bruant se sacrifica para permitir a los monárquicos ponerse a salvo: mata a tres hombres antes de que el sargento Radoub lo mate a él. En un último estertor, le prende fuego a la mecha.

Libro quinto – In daemone Deus

Resuena el grito de una mujer: es el de la madre que ve cómo el fuego alcanza la biblioteca en la que ella ha visto que están sus hijos. De repente, el impío marqués da media vuelta para ir en busca de los infelices. Entra en la biblioteca y, uno a uno, los pone a salvo de las llamas, antes de que Cimourdain lo arreste.

Libro sexto – Después de la victoria viene el combate

El juicio y ejecución han de tener lugar próximamente. Gauvain se siente conmocionado por el acto de humanidad absoluta que acaba de producirse ante sus ojos: el símbolo del mal se ha vuelto magnánimo al salvar la vida de inocentes y sacrificar la suya. Gauvain tiene el corazón dividido por el dilema que se le presenta: obedecer a su deber de soldado y dejar que ejecuten al marqués u obedecer a un sentimiento más profundo, su deber humanitario, y salvarle la vida a este hombre.

Libro séptimo – Feudalismo y revolución

Entonces se introduce en la celda donde está retenido el marqués, le coloca su abrigo sobre los hombros y toma su lugar. La traición de Gauvain es evidente: el jurado (Radoub, Cimourdain y el oficial Guechamp) compuesto por el marqués decide que Gauvain ha de morir guillotinado, según decreto. Caída la noche, Cimourdain va a la celda de Gauvain, que parece tranquilo y con confianza en el porvenir.

Al día siguiente, la muchedumbre de soldados ruge ante la sentencia establecida: todos quieren a Gauvain. «¡Viva la república!» (Hugo 1876, 390), grita este antes de la hoja le corte la cabeza. En el mismo momento, resuena un pistoletazo: Cimourdain se ha pegado un tiro en el corazón.

ESTUDIO DE LOS PERSONAJES

EL MARQUÉS DE LANTENAC

Viejo noble y antiguo señor de Bretaña, es uno de los más fervientes partidarios del Antiguo Régimen. Es leal y fiel al rey, La monarquía representa, según su punto de vista, el mundo ideal. La Revolución de 1789 lo obligó, como a muchos aristócratas, a exiliarse en Inglaterra.

Es despiadado y tiene un agudo sentido del deber. Su ciencia de la guerra y su influencia hacen de él un brillante jefe de guerra temido por sus enemigos. Hombre impío (hace que fusilen a las mujeres y no duda en tomar a los niños como rehenes), se vuelve honrado cuando sacrifica su vida para salvar a tres niños inocentes. El monstruo sanguinario que era se transforma así en «Dios» (lo que dice de él el sargento Radoub). Este acto de valentía le salva finalmente la vida.

CIMOURDAIN

Antiguo sacerdote del pueblo de Parigné (cercano a la Tourgue, que es asediado por los republicanos), reconvertido en servidor del pueblo en la Revolución francesa, Cimourdain es un anciano calvo y de aspecto pobre. Inteligente y casto, la ciencia le ha desviado de su vocación religiosa. Lo conocemos cuando vive en París y forma parte del Obispado.

Antaño fue el preceptor del joven Gauvain. Es la única persona a la que quiere. Salva la vida a su protegido en dos ocasiones (cuando nace y durante la batalla de Dol). Inflexible y autoritario, es elegido para representar el poder civil durante la guerra de la Vendée. Su rigor, su imparcialidad y su sentido del deber le llevarán a ejecutar a quien considera como su propio hijo.

Representa la República del Terror. Comparado con Gauvain, parece muy conservador. Su suicidio al final de la novela prueba que en él la ley prima sobre los sentimientos. Es un personaje romántico, caracterizado por la sombra y las tinieblas.

GAUVAIN

Es el sobrino nieto del marqués de Lantenac y, como él, es de ascendencia noble (es vizconde). Joven bueno e inteligente, es un jefe de guerra republicano muy apreciado por sus soldados. Logra una triunfante victoria sobre el marqués gracias a su astucia y a su sentido táctico. Es particularmente tolerante con sus prisioneros, a diferencia de Cimourdain. Encarna la República de la clemencia. Gauvain no hace la guerra sino para obtener la paz. Está a favor de una justicia igualitaria y flexible.

Sin embargo, la grandeza de su alma hace que pierda la vida: se sacrifica por su mayor enemigo, que estaba condenado a muerte. Pero eliminar a un hombre tan heroico hubiera sido para él la peor de las injusticias.

Gauvain es un hombre progresista e idealista que ve en la mujer un igual al hombre (mientras que para Cimourdain la mujer debe servir al hombre). Gauvain es el héroe de la novela, el auténtico revolucionario de su tiempo: encarna al hombre del futuro. El alumno, finalmente, ha superado al maestro. Está simbolizado por la luz.

EL SARGENTO RADOUB

Hombre valiente y jefe del batallón del Gorro-Rojo, admira a Gauvain y su inteligencia en el combate. Ágil, desbloquea una situación difícil durante el asalto a la Tourgue creando una diversión. Su fidelidad a Gauvain durante el juicio final y su amor por los tres pequeños rehenes prueban que tiene un buen corazón.

GOUGE-LE-BRUANT

Es apodado «el Imano» (por su horrible aspecto) o también «Mata-azules» a causa de su ferocidad en el combate y del número de azules con los que ha acabado. No duda en sacrificarse por su jefe, el marqués de Lantenac, a quien respeta y admira. Venga al joven rey retenido en la torre del templo prendiendo fuego a la mecha.

HALMALO

Encarna el personaje providencial, el que permite al héroe (Lantenac) llegar a sus fines. Propaga la noticia de la llegada de Lantenac a Bretaña y salva a los monárquicos, asediados en la Tourgue.

TELLMARCH

Aparece en dos ocasiones: para salvar al marqués de

Lantenac (lo cual lamentará) y después a Micaela Fléchard. Está fuera del conflicto entre monárquicos y republicanos, pues se preocupa más por su propia supervivencia y por la naturaleza. Tiene un extraño parecido con el marqués. Su apodo es «Caimand», que significa «mendigo» en bretón. Es un hombre instruido y los campesinos desconfían de él, pues lo tienen por brujo.

MICAELA FLÉCHARD

Viuda, es una de las únicas mujeres de la historia. Está decidida a encontrar a sus hijos a pesar de la guerra. Encarna la voluntad y el amor maternal. Sus tres hijos representan la inocencia en un período de Terror poco propicio para su felicidad. Parecen insensibles al conflicto y al peligro que los amenaza.

CLAVES DE LECTURA

UNA NOVELA HISTÓRICA

«La Vendée no puede ser explicada completamente si no viene la leyenda a completar la historia» (Hugo 1876, 175). Esta cita ilustra perfectamente la naturaleza de esta novela: la ficción novelesca se mezcla con la realidad histórica. Así, personajes imaginarios se mezclan con personajes históricos que ya hemos visto en el resumen:

- Robespierre (instigador del Terror, 1763-1794), Marat (1743-1793) y Danton (1759-1794) como revolucionarios;
- Jean Cottereau, Jean Chouan en la obra original y Juan Chouan en la edición de referencia en castellano, (1757-1794) y Henri de la Rochejacquelein, Enrique de la Rochejacquelein en la edición de referencia en castellano, (1772-1794) como contrarrevolucionarios.

Estos tuvieron una importancia considerable en la historia de la Revolución francesa. En un encuentro ficticio (segunda parte, libro segundo), el narrador une la ficción con la realidad gracias al personaje de Cimourdain. Fingiendo que la historia no ha retenido su nombre, el narrador juega con esta frontera entre historia y leyenda y sume a los lectores en la ilusión novelesca. Las descripciones y el trabajo de documentación de Victor Hugo completan la verosimilitud de esta historia que opone dos concepciones de una Francia de la que a continuación podemos ver algunas características:

El Antiguo Régimen:

- soberanía del rey (el heredero del trono, el joven Luis XVII, se encuentra retenido en la torre del templo donde morirá en 1795);
- quince siglos de feudalismo;
- los aristócratas, los religiosos y los campesinos de provincias son sus principales defensores (la posición se matiza en la novela, puesto que Cimourdain es un antiguo sacerdote y Gauvain, un noble);
- las campanas de las iglesias sirven para prevenir a los pueblos vecinos (especialmente de la llegada de Lantenac);
- los monárquicos son conocidos como «los blancos», ya que el blanco es el color de la realeza, y la flor de lis, su emblema;
- el símbolo del Antiguo Régimen es la Tourgue, la fortaleza de la familia Gauvain;
- el signo de unión de los chuanes (monárquicos y rebeldes) es el ululato del autillo —«chat-huant» en francés, de ahí el apodo «Chouan» (en francés) de Jean Cottereau—;
- los bretones son conservadores en cuanto a su lengua («Caimand», que en bretón significa «mendigo») y no muy cultos, además hablan múltiples dialectos;
- los campesinos llevan un sombrero.

La República:

- soberanía de la nación y abolición de los privilegios;
- creada al abolirse la monarquía el 21 de septiembre de 1792 en la Convención (año 1 de la República, «una e indivisible»);

- la Revolución francesa es, ante todo, una revolución burguesa llevada a cabo por los burgueses parisinos;
- las campanas de las iglesias se funden para fabricar balas de fusil (inicio de la descristianización);
- los republicanos son conocidos como «los azules» —los colores de la libertad (azul, blanco y rojo) aparecen en esta época, así como el lema «libertad, igualdad, fraternidad»—;
- el símbolo de la República es la guillotina;
- universalización de la lengua francesa (el narrador considera al bretón una lengua muerta) y guerrilleros más cultos;
- los campesinos llevan un gorro (gorro frigio) y son llamados «ciudadanos», igual que los burgueses;
- los republicanos tienen canciones revolucionarias: *La Marsellesa* o *Ça ira*;
- instauración del calendario republicano (así, el decreto data del año 2 de la República).

UNA HISTORIA ROMÁNTICA

Temas románticos y hugonianos aparecen en varias ocasiones en este libro.

Temas románticos:

- el amor. El amor no es carnal en esta novela. Es más grande: es el amor de la madre por sus tres hijos y el amor del antiguo sacerdote por su hijo adoptivo. El primero tendrá un final feliz; el segundo, uno más trágico. El amor está estrechamente unido con la muerte en el movimiento romántico;

- la muerte. La historia finaliza con la muerte de dos republicanos. La de Gauvain representa el sacrificio por una sociedad mejor, mientras que la de Cimourdain muestra los límites de la política del Terror, impía e inhumana. Ambas almas, separadas por sus principios, solo podían reunirse al morir;

- la naturaleza. El narrador muestra lirismo cuando describe la naturaleza y multiplica las metáforas, en las que incluye elementos naturales (el mar, la tempestad, etc.). Un ejemplo de ello es cuando aparecen los tres revolucionarios. Estas figuras retóricas ponen de relieve la correspondencia entre el hombre y la naturaleza, lugar de predilección del alma. También en diversas ocasiones se compara al hombre con un animal: esto hace que surja su verdadera naturaleza;

- el ideal. La materia romántica no puede satisfacerse en el mundo en el que vive. Por lo tanto, Gauvain encarna al poeta romántico que cree en un porvenir brillante para los hombres, un mundo más justo en el que reinarán la libertad, la igualdad y la fraternidad (ideal revolucionario). Hugo gusta de lo absoluto: el apacible descanso de los niños que se duermen en la biblioteca a pesar de los cañonazos mezclado con una naturaleza exuberante y llena de vida ofrece un contraste particularmente romántico.

Temas hugonianos:

- personajes admirables, en espejo. La grandeza de los personajes principales es un fenómeno que encontramos en las obras maestras del escritor (como Jean Valjean y Javert en *Los miserables*). Esto crea personajes muy típicos, bastante alejados del común de los mortales y cercanos a los dioses. Existe una voluntad de sublimación de los caracteres humanos, lo que otorga al conflicto un cariz grandioso y épico. Hugo siente fascinación por todo lo que se encuentra fuera de la norma. Lantenac y Gauvain se vuelven sublimes uno tras otro a causa del cambio radical que se produce en ellos. Cimordain llega a serlo a través de su suicidio. Se sienten divididos entre el poder y sus sentimientos personales (una tensión completamente romántica). Los personajes principales están construidos en espejo. Son opuestos (sombra-luz, monárquico-republicano, sacerdote-conde, etc.) y se reencuentran en la nobleza de sus almas;

- personificación y transformación de los elementos. Durante la travesía, un cañón se desata y se convierte en un monstruo loco de furia que destruye y mata todo a su paso. Durante el asalto, la Tourgue «sangra» como si sintiera el impacto de las balas sobre ella. Al final de la novela, la Tourgue parece espantada por el espectáculo de la guillotina. El narrador llega incluso a imaginar un diálogo entre estos dos objetos. Esta técnica habitual en Hugo, que consiste en animar las cosas (como la catedral en *Nuestra Señora de París*), da la impresión de que todos los elementos están vivos y se comunican (en silencio). Esto refuerza la dimensión romántica y misteriosa de la obra.

PISTAS PARA LA REFLEXIÓN

ALGUNAS PREGUNTAS PARA PROFUNDIZAR EN SU REFLEXIÓN...

- Compare a los dos grandes jefes republicanos que son Gauvain y Cimourdain y exponga los aspectos por los que podemos decir que son personajes opuestos.
- ¿Por qué es posible afirmar que Cimourdain es el personaje romántico por excelencia en esta novela?
- ¿Por qué, para Gauvain, después de la victoria viene el combate, como indica el título del libro sexto de la tercera parte?
- ¿Qué aspectos nos permiten considerar al marqués de Lantenac como un auténtico héroe?
- En su opinión, ¿Hugo se posiciona a favor de alguno de los dos bandos (monárquico o republicano)? Justifique su respuesta.
- «La Vendée no puede ser explicada completamente si no viene la leyenda a completar la historia». Comente esta cita sacada del libro primero de la tercera parte.
- ¿Qué vincula este texto al movimiento romántico? Explíquelo citando ejemplo sacados del libro.
- ¿Qué procedimiento lleva a cabo Hugo para dar a conocer la historia?
- Compare *Noventa y tres* con *Nuestra Señora de París*. ¿Qué similitudes puede constatar desde el punto de vista de la construcción de los personajes y de los temas?
- Esta novela ha sido llevada al cine en dos ocasiones. ¿Estas adaptaciones se mantienen fieles a todos los aspectos de la obra de Hugo?

- El romanticismo constituye la edad de oro de la novela histórica. Según usted, ¿por qué los escritores de esta época se inclinan por este tipo de producción?

PARA IR MÁS ALLÁ

EDICIÓN DE REFERENCIA

- Hugo, Victor. 1876. *Noventa y tres*. Traducido por El Espejo Printing & Publishing Company. Nueva York: El Espejo.

ADAPTACIONES

- *Quatrevingt-Treize*. Dirigida por André Antoine, con Paul Capellani, Charlotte Barbier-Krauss y Georges Dorival. Francia, 1920.
- *Quatrevingt-Treize*. Dirigida por Alain Boudet, con Michel Etcheverry, Jean Mercure y Pierre Michaël. Francia, 1962.

EN RESUMENEXPRESS.COM

- Guía de lectura de *Hernani* de Victor Hugo.
- Guía de lectura de *El último día de un condenado a muerte* de Victor Hugo.
- Guía de lectura de *Los miserables* de Victor Hugo.
- Guía de lectura de *El hombre que ríe* de Victor Hugo.
- Guía de lectura de *Nuestra Señora de París* de Victor Hugo.

ResumenExpress.com

www.resumenexpress.com

ISBN ebook: 9782806283795

ISBN papel: 9782806286239

Depósito legal: D/2016/12603/558

Cubierta: © Primento

Libro realizado por <u>Primento</u>, *el socio digital de los editores*